Ugo Foscolo

Edippo

PERSONAGGI

Edippo

Antigone

Tesèo

Talete

Arcade

Guardie

Scena, la Reggia in Colono.

ARGOMENTO

Edippo fu figlio di Lajo Re di Tebe, e di Giocasta – Un Oracolo avea predetto che il figlio avrebbe ucciso il padre – onde Lajo commise ad un suo Cortigiano la cura di ucciderlo ancor bambino –, il quale mosso a compassione forategli le gambe ad un albero lo appese – Forbante pastore di Polibo re di Corinto di là passando lo tolse, ed alla regina portollo, che priva di figli per suo nutrillo – Venuto adulto Edippo andò a consultare l'Oracolo, il quale gli disse che andasse in Beozia, che ivi troverebbe il vero suo padre – Andovvi, e lo sconosciuto padre vi uccise – S'incaminò quindi verso Tebe ove sciolse l'enimma della Sfinge, che devastava Tebe, e gli venne accordata in moglie la vedova Giocasta da cui ebbe Eteocle, Polinice, Ismene, ed Antigone – Conosciute alfine le sue colpe si cavò gli occhi, e rifugiossi in Colono ove morì –

Soffocle, Statio nella Tebaide

ATTO PRIMO

SCENA 1^a

ANTIGONE, EDIPPO.

ANTIGONE

Eccoci Edippo – Appena or sorge l'alba,

E già siam presso alla città – Sinch'alto

Rifulga il sol, lena ripiglia – Molto

Oltre l'usato in questa oscura notte

Senza arretrarci mai le vie calcammo

Anzi di trarci in questo loco – Antichi

Marmi qui stan – Siedi.

EDIPPO

Deh dove, o figlia,

Dove siam noi?

ANTIGONE

Che dir poss'io? Per quanto

Volga lo sguardo, altro non veggo intorno

Che cipressi, ed allori, e in lunga fila

Il verde ulivo – Eppur, s'io mal non scerno,

Ergersi miro in non lontana parte

Marmorea porta, e sulle eccelse basi

Sculta d'astata Vergine discopro

La immagine – Se ben m'avviso, è quella

Pallade, Edippo, e tal pingeasi Atene

In Tebe nostra...

EDIPPO

Atene! Oh di fatale,

E dolce a un tempo rimembranza! Allora,

Che giovinetto, e puro il cuor, più puro

Di quest'aura che spira, da Corinto

A Focide men gìa – Misero! Or quale

Ritorni Edippo! Esul, canuto, infame

Per cento colpe, abbandonato, e solo...

Ah solo no, meco per tutto io porto.

Meco la impronta del mio crudo fato!

ANTIGONE

Oh padre!... Questa, che ti stringe al seno,

E che d'amare lagrime ti bagna

Il petto, Antigone non è?

EDIPPO

Purtroppo!

Lasso! se almeno te nomar potessi

Senza arrossir mia figlia, al par che padre

Me tu appellar non sdegni, e che i miei voti

Ergere osassi insino ai Numi... fausti,

Per me non già, ma per Antigon sola

Gl'invocherei...

ANTIGONE

Né i miei non s'ebbe a nullo,

Teco m'univa, e basta –

EDIPPO

Eccoti il dono

(Dono fatal) che col viver ti diedi,

Ecco l'infausto retaggio paterno

Il pianto, la miseria, e 'l tremar sempre!

ANTIGONE

Forse ch'il sa!... Deh nol dicevi? ... Atene

Scopo a' tuoi voti ella non era?

EDIPPO

Ell'era,

Ma che perciò? Fuor che miseria, e pianto

Assente il Cielo al sangue nostro?

ANTIGONE

Almeno

Lungi di Tebe, e 'l pianto nostro, e i stenti

Nostri, trarremo...

EDIPPO

Oh sì!... Ma a qual terracci

Poscia Teseo, chi l'assecura?

ANTIGONE

Meno

Crudo dei figli...

EDIPPO

Oh pareggiar chi fora

Essi da tanto? ... E la tua madre stassi,

E qual si stia, lasso! ch'il vede in Tebe!

In odio ai figli, al fero padre, oppressa

Sotto il carco fatal de' non suoi falli...

Eppur ch'il crederebbe? e tu tel membri,

Com'ella il dì che me cacciavan sordi

Alle voci del sangue i rei fratelli

Mi scortasse oltre Tebe – Ohimè!... di pianto

Ella bagnava l'assassin suo crudo,

E osava al ciel porger sommessi voti...

Ah! perché i Numi i miei, pria non udiro

In quella orribil notte!

ANTIGONE

7

Amari giorni

Certo vivrà, ché eterno il duolo in Tebe

Esser pur debbe – Ma speranza il petto

Dolce m'avviva che il minor fratello,

Quel Polinice, che pur ella amava

Meno dell'altro, l'alto suo dolore

Rattempri...

EDIPPO

È ver, indol men cruda, e sensi

Più generosi d'Etèocle, aversi

E' ben mostrava – Ma il cuor ch'il scerne,

Nel cuor chi legge dei figli d'Edippo?

L'innato aggiungi odio dell'avo, l'arti

Del rio Creonte, oh quanto infame vile!

Ei me prima tradia, traditi a un tempo

I nepoti poi forano; quant'essi

Brama di trono, e assai più ch'essi, l'alma

Gli incende, – ed avrà trono in Tebe, degno

Ben ei di starsi a paragon del nostro

Sangue su seggio scellerato –

ANTIGONE

Ah tolga

Il Ciel che mai questi tuoi voti, o padre,

Avverati si veggan... Forse un giorno

Mossi i Numi a pietà de' tanti affanni

Tuoi...

EDIPPO

Che puon darmi altro che morte alfine

Questi empj Dei? Che quasi poco fosse

E onor, e lumi, e patria, e figli tormi,

M'han tratto a tal, che sino il pianto ascritto

Emmi a gran fallo, e s'io versarlo osava

Nel tuo seno pietoso, al mio non certo,

Al tuo stato pensando, io lo versava –

ANTIGONE

Oh caro padre!... Benché alto il mio duolo

Fosse, nel petto i miei lunghi singulti

Premea tacitamente, onde i tuoi mali

Non addoppiar co' miei lamenti, e 'l Cielo

Pregavo io sì, che ricader pur fesse

Tutta su me l'ira sua eterna...

EDIPPO

E tutta

Versolla il dì, che me seguivi a Lerna –

ANTIGONE

Oh che dici?... anzi io mai da te staccarmi,

Mai non dovea, ma i fratei crudi svelta

M'ebbero a forza! ... In dubbio orrendo intanto

Tristi giorni vivea presso Giocasta

Infelice, dolente, e di tua vita

In forse ognor – Ma eluder quindi io seppi

L'empie lor cure, ond'io giungessi in tempo

Di partir le tue pene – Oh come io ratta

Venni di Tebe ad abbracciarti a Lerna!

Oh come all'ansio paterno tuo petto

Tenacemente m'avvincevi senza

Muover parola... Oh Edippo!... in quel momento,

E 'l sangue nostro, e i lunghi affanni, e Tebe

Ben io scordava... Oh caro padre!... io teco

Starommi io sempre...

EDIPPO

Sì... sempre... lo spero –

Ma deh, tu 'l vedi, il tempo passa, vuolsi

Cercar da noi qual egli sia tal loco,

E cui chieder ricetto...

ANTIGONE

Saggio parli –

Ristatti or dunque, e teco in breve io torno.

10

SCENA 2^a

EDIPPO.

EDIPPO

Or va, né sai che d'un oracol crudo

Qui la voce m'appella, e che un dì forza

Orba del padre a Tebe irne ti fia!

E sallo il Ciel sotto quai feri auspicj!

Ombra crudel del trucidato padre

Esci, or n'è tempo, dalla tomba – Io vengo

Ad espiar i non miei falli – A morte

Tu mi dannavi anzi la vita, e brama

Di trono in te più che natura valse!

Oh perché almen colle tue man me prima

A disbramar la sete empia di regno

Me non spegnevi tra le fasce infauste!

E in don sull'are di quel Dio feroce

Le viscere del figlio non mandavi?

Così d'Edippo il nome nullo or fora,

Nulla la infamia del paterno nome,

E in grido ancor saria tra' Greci Tebe!

Ma delle coltri inaugurate a guardia

Stavan fisse le Eumenidi, nel fato

Scritto altrimenti con note di sangue

Era... ma quai grida son queste?... parmi...

11

D'Antigone la voce... Oh figlia... figlia!...

Vieni, né m'odi? Oh perché in tuo soccorso

Non m'è concesso di venirne...

SCENA 3^a

ANTIGONE, ARCADE, EDIPPO.

2 GUARDIE.

ANTIGONE

Or via

Lasciatemi... stranieri noi... da lungo

Cammin lassi quivi arrestarci alquanto

Mestier ne fu... che se interdetto è il loco

Andarne...

ARCADE

No, statti, gentil donzella,

Né timor nullo il cuor t'invada – Se aspri

Modi t'avesti a sopportar, lo ascrivi,

Anzi che ad altro, al militar costume,

Ché sacro è il loco alle ospitali tazze.

EDIPPO

Oh cortese mortal, certo i tuoi detti

Fanmi che in seno alma vulgar non serri,

E che in Attica siam.

ARCADE

Non lungi Atene

Stassi, Colono è questa –

EDIPPO

Oh di qual gioja

Immensa m'empie il tuo parlar! Colono

È questa dunque? Qui alle Erinni sacro

Non sorge un tempio?

ARCADE

Ed a Nettuno – Tratto

Perciò da Atene alle annuali feste

Tesèo qui mosse...

EDIPPO

E lunga, eterna pace,

E viver lungo ei s'abbia – Oh sien pur rese

Grazie agli Dei, che alfin giungemmo dove

Tal re si sta – Deh non t'incresca dirne

Ove, e per cui vadasi al re –

ARCADE

Non lieve

Cosa tu chiedì – E qual cagion, che grande

Esser ben debbe ond'all'onor tu aspiri

D'appresentarti al gran Tesèo, te guida

Oggi in Colono?... Tu d'Atene al certo...

EDIPPO

No di...

ANTIGONE

Larissa abitator...

EDIPPO

Né vili

Quanto il mostran le vesti – Or deh se trarne

Al re prometti, appien vedrai che poco

Vuolsi da noi – Che s'egli sensi in petto

Nutre a' tuoi pari a vil non fia ch'ei tenga

L'umil inchiesta...

ANTIGONE

Ah sì, pel Nume eterno,

Che qui si cole, ten preghiam...

ARCADE

Che dirvi

Ormai poss'io? Tanto di voi pietade

Mi prende, e tanto in ambo voi traluce

Bontade, che negarvi cosa tale

Impossibil mi fora. – Or ben sicuri

Scorti da' miei verso la reggia il passo

Volger potrete – al re davanti, io trarvi

Poscia prometto –

EDIPPO

Oh qual tu sia, che grande

Esser ben devi alla pietà che mostri,

Su te, sui figli, e s'anco hai padre invoco

De' celesti il favor.

SCENA 4^a

ANTIGONE, EDIPPO.

ANTIGONE

Udisti? Oh quanta

Dolcezza al cuor pel suo parlar men viene!

Oh santi Numi! Vuoto nome in Tebe

Pietà sol fora.

EDIPPO

Ignoto, e nullo solo

Ove d'Edippo il nome suona, e dove

Regnan gli infami tuoi fratelli – Ignoto

Del par pur fosse a me stato mio nome

Quanto il fur le mie colpe –

ANTIGONE

Or tempi andati

Deh non membrar! – Miglior destin, se fede

Dessi alla fama di Tesèo, ne attende

Oggi in Colono – Ecco le guardie, pronte

A trarci stanno alle regali stanze.

Non indugiar, vieni.

EDIPPO

Si vada, e 'l Cielo

Del paterno mio cuor secondi i voti –

ATTO SECONDO

SCENA 1^a

ANTIGONE, EDIPPO.

ANTIGONE

Né te 'l rimembri? E' d'aspettarlo impose

Anzi di trarci al re davanti – Vieni,

Avvi qui seggio ove locarti – In breve

Per quanto ei disse appresentarci entrambi

Al re potremo...

EDIPPO

Oh sospirato istante

Alfin sei giunto!

ANTIGONE

Ma deh bada intanto,

E temo assai che l'indole tua fera

Abbastanza frenar per te non valga,

E ne' tuoi modi, e ne' tuoi detti, o padre,

Di celar quai noi siamo...

EDIPPO

T'assecura.

Tutto farò... Qual potrei prova darti,

Che lieve troppo al paragon pur fosse

Dell'affetto tuo sommo?

ANTIGONE

Oh santi Numi

Sottrar vi piaccia da novelli affanni

Questo buon padre!

EDIPPO

Oh impareggiabil donna!

Ben io scontar ti fo la non tua colpa

D'essermi figlia!

ANTIGONE

Se morirti... al fianco...

Dato mi fora... eppur... nol so... nel cuore

Forte una voce...

EDIPPO

Or deh!... con dubbi amari

Non straziarti così!... Minor fia sempre

Periglio starsi fra stranieri – Asilo

Se ne ricusan qui, pellegrinando,

Anco oltre Grecia, a noi ch'il vieterebbe?

ANTIGONE

Taci... sento rumor... s'apron le porte...

Sorgi, Tesèo s'avanza –

EDIPPO

Or ben me traggi

A lui dinanzi.

ANTIGONE

Aspetta... Ohimè!...

SCENA 2ª

TESÈO, ARCADE, EDIPPO, ANTIGONE.

ARCADE

Stranieri,

Eccovi il re.

EDIPPO

Monarca alto d'Atene

Prostrato a' piedi tuoi...

TESÈO

Mortal qual sia,

Sorgi, che vuoi?

EDIPPO

Stupore non ti prenda

Se vecchio, cieco, e in forme abjette osava

Appresentarsi a te – Spesso dall'alto

Volto hanno i Numi agli infelici il guardo,

Tale io mi son, quant'altri il fosse; a sdegno

Deh non abbi la inchiesta – Asilo darmi...

TESÈO

Oh chi se' tu? Donde ne vieni? Oh fera

Orrida vista! Deh qual tua sventura

D'ambo i lumi t'orbava? Tal non certo

Nascesti tu, che pur vegg'io degli occhj

Dalle incavate fosse escirne il sangue

Per dense stille, e giù scenderti al petto...

Oh misero!...

EDIPPO

In me d'aspro fato vedi

Un esemplo tremendo – Io tal non nacqui

Qual or me vedi, o qual mi vide un giorno

Entro Trezene il tuo gran padre Egèo.

TESÈO

E a cui venivi?

EDIPPO

Ai giochi ad Ercol sacri.

Ma allor la fresca gioventù sul volto

Stavami, e altrui non la cedeva, o fosse

Nel corso, o in brandir ferro, o inseguir belve...

Ma l'età passa, e più non torna!... Ahi lasso!

Che il Cielo avverso a me ad un tempo tolse

E le dovizie, ed il maggior dei beni

La vista!...

TESÈO

Oh come alta di te pietade

Mi prende!... Or deh buon vecchio ti rinfranca,

Libero parla, qual chiedesti asilo

Avrai dentro Colono, il giuro, dimmi

Qual fu la patria tua?

EDIPPO

Tebe.

ARCADE

Che sento!

ANTIGONE

Ah noi perduti!

TESÈO

Tebe? Oh maledetta

Empia città, che di tue colpe infami

Hai minori le pene! Illustre troppo

Pei parricidj, per gli incesti, e gli odj

Ereditari, e pei delitti ignoti

Da Cadmo in poi!... Ma di', viv'anco Edippo?

Che fa quell'empio? Ove ricovra? In quali

Lidi portò la vendetta celeste?

Incestuoso, parricida, carco

Di mille falli, e ben di Cadmo erede

Cerca altre colpe? Oh che dich'io? Quai puote

Inventar colpe e Pluto, e quante aduna

Per eccelsi misfatti alme dannate

Erebo tutto, che pur sien minori

Ai delitti d'Edippo?

EDIPPO

Anco respira

Aura abborrita, d'abborrita vita,

E tal ch'ogn'uom tranne i suoi figli iniqui

N'avrien pietade! Oh qual viv'egli chiedi?

Esul, cieco, cadente, occulto, e noto

Al solo suo destin, perseguitato

Dagli uomini, dal Ciel, da' suoi delitti,

Mosse gran tempo fuor di quelle mura,

Che macchiò di delitti, alto invocando

In suo soccorso i fulmini di Giove!

TESÈO

Oh ben gli sta! Ma ad un Edippo poca

Fora una morte, e mille averne, e mille

Soffrirne prima di morir.

EDIPPO

Tu parli

Vero, Signor. Nulla adeguar (se a fama

Fidanza presti, che dei grandi i vizj,

E le virtudi a suo talento spesso

Sublima, oscura) può d'Edippo i falli

Nulla agguagliar – Soffri però che nato,

Cresciuto, e bianco fatto il crine in Tebe,

A te d'Edippo le cagion, che a colpe

Non volute lo trassero disveli.

TESÈO

Che dir potrai?

EDIPPO

Che per antiche offese

Non emendate in odio ai Numi, a lungo

Percossa Tebe, e indarno sempre, alfine

Dovea de' feri Labdacidi il sangue

Purgar le colpe d'una infame corte –

Edippo fu, che il Ciel stromento, e pena

De' non suoi falli a sua vendetta scelse;

Lo scelse sì, ma egli sa pur che iniquo

Fu perché il volle, e reo del mondo in faccia

Di lui nel Cielo l'innocenza è nota.

Tal se il Tonante allor che i nembi aduna,

E le tempeste, e i dardi avventa, e in polve

Riduce i Templi suoi medesmi, Giove

Empio perciò non è, né quanto crede

L'insano vulgo il fulmine profano.

Se in Delfo i Dei disser che spento Lajo

Fora dal figlio anco non nato, come

Dirsi poteva anzi ch'ei fosse iniquo?

Nodrito Edippo in strania corte, ignoto

Agli altri, a sé, la mai fallace lingua

Del Delfico Profeta interrogando

Pien di desio, di santo amor si volse

Ratto in Beözia a ricercar del padre.

Trovollo ah lasso! che di ferro armato

Di Focide sul ponte, e con minacce,

E con insulti il giovinetto appella

A singolar tenzone; ei lo fuggiva,

E lo pregava per gli Dei che in pace

Ir nel lasciasse a lui cedendo il passo,

E si torcendo dal cammin suo dritto,

Ma invan, che Lajo dal destin suo tratto

Ebbro di sdegno col nudato acciaro

Sovra Edippo correndo orribilmente...

Misero ei cadde, e pria che a Dite l'alma

Dello non conscio genitor varcasse

Fuggiasco Edippo in sen delle foreste

Dalle veglie lunghissime consunto,

Dai rimorsi, dai palpiti di morte

Trovossi in Tebe a consumar novelli

Non voluti delitti – E della Sfinge,

Che ritta immota sulla immonda rupe

Stava ingorda di sangue, e mai satolla

Sciolse l'enimma – Or che ti narro cose

A te non men che a Greciatutta, e al mondo

Ben troppo conte? Ed il polluto ostello,

E le notti nefande, e i scellerati

Infami amplessi di Giocasta madre,

E fratel de' suoi figli, e de' fratelli

Padre... Signor ecco d'Edippo i falli.

Ma sì punendo di sua man se stesso

Dal capo antico con rabbia si svelse

Gli occhj, e gittolli della madre ai piedi,

Della infelice, non colpevol madre!...

Ma i figli, i figli... Oh non inteso mai

Più che umano furor! coi pie' fra gli urli

Feri di morte calpestar del padre

Gli occhi di pianto, e di sangue grondanti,

E lo cacciar fuor della reggia – Ei vive

Esul, ramingo, dai rimorsi atroci

Lacerato, inseguito, al Ciel mostrando

Le vuote cave della cieca fronte.

Pietade no, ma d'una morte lunga

Il fine impetra...

TESÈO

E l'avrà tal ch'il merto –

Ei vada intanto, e altrove porti quella

Maledizion, che lo accompagna – Edippo

È nome tal, che per sé solo basta

A destar lo spavento in ogni petto –

Quindi si lasci, e a te si torni – Asilo

Chiedesti, darlo a te giurai; ragione

Vuol che tu poscia e 'l sangue ond'esci, e quali

Aspre vicende in sì terribil stato

T'abbian tratto mi sveli.

EDIPPO

O re, che cerchi?

Credimi, tale mi son io, che il dirlo

Sollievo alcuno a' mali miei non fora,

Né a te in udirlo util verria, né danno

Niuno per certo – A te possente, e grande,

E cui ben siede assimigliarsi ai Numi

Saper che giova qual d'un vecchio imbelle

Sangue trascorra entro le fredde vene?

TESÈO

Alto mistero ne' tuoi detti io leggo...

Né ragion scerno, onde celar ti debba

A me cui franco pria chiedesti stanza...

EDIPPO

Sacro per fama agli ospitali Numi

L'attico suol fu sempre, indi securo

Al felice signor di questa terra

Rivolsi il piede – Oh se pietade alcuna

Entro al tuo petto generoso senti

Non chiedermi, gran re, qual io mi fossi;

Qual mi sia tu 'l vedi, e certo a nullo

Già avuto avrei miei dì, se in salvo avessi

Saputo questa infelice mia scorta...

TESÈO

Qual t'è costei?

EDIPPO

Figlia.

TESÈO

Né d'altra prole

Tu padre?

EDIPPO

Deh così nol fossi!

TESÈO

Or come

Sceglier potesti al tuo venir qui duce

Donna di membra anco non ben formata

Fra gli altri figli?

EDIPPO

Iniqui figli!

ANTIGONE

Ahi troppo!

EDIPPO

Né quanto dessi a nostra infame stirpe

Anco nol son, ma un dì verranlo, spero.

TESÈO

Gran dio qual voti!

EDIPPO

Scellerati voti

Parranti il so, che tali aver pur densi

Di genitor sul labro – Ah forse padre

Tu d'ampia, eletta, e riverente prole

Ami te stesso ne' tuoi figli – Il Cielo

Sa se padre vi fu, che tanto amasse

Quant'io suoi figli! Oh s'io gli amava! Questo

Ben tel può dir donna innocente, solo

A mia cadente senettude appoggio –

Or vedi intanto e cieco padre, e imbelle

Suora cacciati da que' crudi in bando,

Quindi ricetto altrui chiedendo, o scarso

Alimento di lagrime bagnato!

TESÈO

Ma quai tue colpe...

EDIPPO

Niun delitto al mondo

M'ebbi, ch'io sappia, ch'aver loro io data

La vita.

TESÈO

Inver gran cose a me tu narri!

Da meraviglia, da terror compreso

Non so ben quale a' tuoi racconti io debba

Fede prestar – Pur se il grave tuo volto,

Il crin tuo bianco, i franchi alteri modi,

E la fiducia, e la pietà non finta

Contemplo di costei, che da' tuoi fianchi

Immobil pende, e cui dal ciglio io veggo

Cader lagrime in copia, più che audace,

Infelice ti estimo – Or tu li scorgi

Alle mie stanze – Anzi che il dì poi cada,

Meglio vedrò se degno appien tu sia

Della pietà, che per te sento in petto –

SCENA 3^a

TESÈO.

TESÈO

Qual fia costui? Tebano, esule, cieco,

Fermo in celar qual egli sia, dai figli

Perseguitato, e in basse spoglie sensi

Sublimi tanto... – Oh, ch'egli osato avesse

Di porre il piede entro mia reggia Edippo?

E se il pur fosse!... Crudeltà non fora

Scacciarlo or poscia? – Ah non v'ha dubbio, reo

Fu meno assai, che sventurato Edippo!...

E a me venia, ed io gli dea pur stanza –

SCENA 4^a

ARCADE, TESÈO.

ARCADE

A te di Tebe un messo parlar chiede.

TESÈO

Odi novella!

ARCADE

Altra ne udrai – Possente

Oste Tebana ambo le valli ingombra

Di Prosina, e Larissa, e par che volga

Verso Colono...

TESÈO

Oh che mi narri? Tosto

De' loro passi indagator Timante

Manda, e a me quindi il messo adduci, – o in pace

O in armi venga il san di Lerna i campi

Se per me fora oste bastevol Tebe.

ATTO TERZO

SCENA 1^a

TALETE.

TALETE

Figlio di Lajo entro Colono ardivi

Riporre il piede?... Oh s'io men tardo quinci

Giungea, di Tebe già alle porte a forza

O vivo, o spento, o a brani fatto addutto

Ben io t'avrei – Finché respira questo

Impuro avanzo del sangue di Cadmo,

È di Creonte vacillante il trono...

Ma il re s'avanza... Arte or qui vuolsi, e somma

Arte – Si finga, ed al venir mio velo

Faccia di stato alta ragion –

SCENA 2^a

TESÈO, TALETE, ARCADE.

TALETE

Creonte

Signor di Tebe...

TESÈO

Re Creonte? e quanti

Or regi ha Tebe?

TALETE

Per destin fatale

Usa a cangiare, a niuno averne, o a starsi

Fra i duo divisa, trepidante, incerta,

Signor fu Tebe da più lustri – Lajo

Tradito, esule Edippo; Polinice,

Ed Eteòcle ambo correano, invasi

Dalla infernal sete d'impero al trono.

Pure allor freno alle discordie oppose

Prego di madre, sì che l'un regnasse

Un anno in Tebe, e fuor l'altro ne gisse.

Primo Eteòcle occupò il seggio, i passi

Drizzò vers'Argo Polinice, fermo

Di ritornar qual non ne gìa più grande.

Ivi accoppiossi con Argìa d'Adrasto

Figlia, e s'avvinse in amistà tenace

Col cognato Tidèo – Già per più lune

Volto era l'anno, e ancor sedea sul trono

Lo spergiuro Eteòcle – Indarno d'Argo

Chiedea ragion del vicendevol patto

L'esul fratello – Oh re, tu sai con quanta

Indomit'oste ultor piombasse il prode

Tidèo su Tebe, e Polinice; audace,

Ostinato Eteòcle si restrinse

Nel chiuso vallo di morir giurando

Anzi di ceder l'usurpato trono.

E i giuri attenne, che di sangue rosse

Corsero l'onde del rapido Ismeno,

E di Argivi, e Teban morenti, e morti

Ammonticchiati quasi alte cataste

Del nevoso Citero erano ingombri

I due campi – Ma già il suocero Adrasto

Novella adduce a battagliar tremenda

Etola gente, e degli Argivi avviva

L'ardir; qual lampo sui Tebani piombano,

E di loro ne fanno ampio macello

Sicché atterriti, e volti in fuga, indarno

All'ordin gli appellava, e minacciava

Forte Eteòcle, e' che, di ceder prima

Il trono, visti avria co' suoi quei d'Argo

Ristretti, e chiusi entro la tomba istessa.

TESÈO

Oh mostro!

TALETE

Alfin niun scampo a sé veggendo

Chiamò a concilio Polinice; ei venne,

Ma qual potea fra' regnator duo patto

Esister mai, se era sol uno il trono?

Ne' brandi, ultimo dritto – Ah soffri, ch'alto

Silenzio veli quel dì fero tanto,

In cui trafitti ambo per man d'entrambi

Dessero certa del lor sangue prova.

TESÈO

Oh degna inver prole di Cadmo!

TALETE

Il trono,

Vuoto di re, tiensi or Creonte...

TESÈO

Il tenga,

Che sommo danno è aversi trono in Tebe!

Ma, che vuol egli? A che d'armati or pompa

Far con tant'oste? Che pretende? Quale

Di nuovo sire ardir novello il muove

Con orgogliosa mostra entro a' miei stati?

TALETE

El tal non viene – Hanno i Teban le spade

Nel fodero riposte, e in man l'ulivo,

E giuran pace a' Greci tuoi – Deh udirmi

Piacciati, o re – Spenti i fratelli, il trono

Occupò l'avo – A gara Edippo Tebe

Suo re nomava, e invan né preghi, o possa,

O attender breve a rallentar non valse

Smania di plebe...

                    TESÈO

              E a che ne vengon quindi?

                    TALETE

A chiederlo da te – Me primo intanto

Mandò Creonte, onde securo farti

Che pronto ei stassi a dar il non suo trono

A Edippo, ove tu 'l renda a Tebe.

                    TESÈO

                         E dove

Stassi, ch'io 'l renda?

                    TALETE

              Entro Colono.

                    TESÈO

                         Edippo

Entro Colono? Or come?... quando?...

TALETE

Indizi

Certi m'ebb'io che da Larissa il piede

Quinci movesse anzi dell'alba, scorto

Da Antigone...

TESÈO

Possibil fia?... Tebano

Certo colui, canuto, cieco, fiero...

Olà qui tosto ambo i stranier sien scorti...

TALETE

Giova però che in parlar modi io tenga,

Sì che né donde, o per cui muova, o quale

Fin qui mi tragga ei non travegga – Udremlo

Poscia scoprirsi da se stesso.

TESÈO

Ei viene.

SCENA 3ª

EDIPPO, ANTIGONE, TESÈO,

TALETE, ARCADE.

TESÈO

Vecchio t'accosta.

EDIPPO

Oh a che m'appelli?

TESÈO

                                 Statti,

Novella poscia udrai – Segui.

TALETE

                           Frattanto

Proscritto il re per Grecia andava un palmo

Mendicando di terra, che securo

Dal furor fosse de' suoi figli – Il regno

Reggean par essi, ma in breve destossi

Ne' dubbi cuor de' due german la cupa

Invidia, e l'odio dal sospetto, infine

L'ardente brama d'assoluta possa.

Sorse la madre, e li compose – Il patto

Restò fermo tra lor, che per un anno

L'un lo scettro tenesse, e l'altro in bando

Ne gisse, per quindi salir sul trono

L'anno novello.

EDIPPO

Oh di che parla?

TALETE

Questa

Fu del pugnar sola dimora – Al primo

Cesse il secondo, e in Argo mosse [il primo]

Alla corte d'Adrasto – Era ben forse

Per dieci lune il nuovo anno consunto,

Che il non più re, pur re si stava – In campo

I rotti patti d'Argo il re si mosse

A sostener di Polinice, ond'ebbe

Origin quella ostinata, feroce

Terribil lotta, che di Tebe, e d'Argo

L'età più tarde crederanlo appena.

EDIPPO

Odi?

ANTIGONE

Taci.

EDIPPO

Qual fia costui?

ANTIGONE

Tebano

Al vestir parmi.

TALETE

In dubbio Marte a lungo

Pendé la pugna – A manca, a destra, pieno

D'alta vendetta vola il furibondo

Tidèo coi mille Argivi, e mille arreca

Morti, e sol spera omai nel fuggir scampo

L'atterrito Tebano, e morte incontra.

Già vinto il vallo al vincitor Tidèo

Stan per aprirsi le Tebane porte –

Ecco Eteòcle – Argivi! ormai si cessi

Dal pugnar lungo – Alla fraterna lite

Stranieri voi, grida, versar più sangue

Or fora biasmo – non mertan d'incesto

Fratelli nati che per lor si versi

Umano sangue. Or esci, scendi, o vero

Figliuol non sei di quell'Edippo, tu!

Ecco a tal voce già fende la calca,

E corre, e vola, e stringe, e impugna, e ruota

Il nudo ferro Polinice – Mute

Attonite si stanno ambo le schiere –

Volaro a mille i colpi, non un grido,

Non un lamento, una parola, tutta

Parea che stesse l'anima, la rabbia

De' due fratelli sui nudati acciari!

TESÈO

Oh reo furor!

ANTIGONE

Padre... deh vieni... altrove

Andianne...

EDIPPO

Statti... assai mi giova [...]

Udirne il fin.

TALETE

Pur Polinice in mezzo

Ai colpi membra alcuna volta i patti,

E scendi, dice, da quel trono, io il sangue

Tuo non anelo, e 'l sanno i Dei, che invoco

In testimonio, s'oltre il seggio, io brami

Stilla versarne – Ben io a sorsi intero

Lo tuo berrei, pria che lasciartel, grida

In suon tremendo Eteòcle, e feroce

I colpi addoppia, e disperato, e cieco

Per furor sommo del fratel sul brando

Cader si lascia, e stramazzando cade

41

In un fiume di sangue – Allor da vera

Pietà commosso Polinice il ferro

Gitta, e di pianto gli innonda le gote,

E che il perdoni nel scongiura – Or dunque

Poiché sta scritto che cader pur deggia,

Pria di varcar l'onda di Stige, prova

D'alta pace vuo' darti, vien, t'accosta

Figlio d'Edippo, abbracciami, e ricevi

Or da Eteòcle ultimo pegno, eterno,

E sì dicendo nel petto gli asconde

Un celato pugnal...

EDIPPO

Oh degni figli!...

Che il nascer vostro infame, con più infame

Morte emendaste!

ANTIGONE

Ohimè!... e la madre...

TALETE

Oh donna!...

Qual dura inchiesta!...

EDIPPO

Ebben?

42

TALETE

Oh fero giorno!

Oh sventurata, e non colpevol madre!...

ANTIGONE

Ahi lassa!

EDIPPO

Or che?... che vai dicendo?... come...

Gelo d'orrore a interrogarti... parla...

Giocasta...

TALETE

Poche eran due morti, e...

EDIPPO

Taci,

Assai dicesti!

TALETE

Consumato appena

L'orrendo fratricidio, ella di Tebe

Esce, e qual folgor taciturna, e calma

Trascorre il campo, e giunta dove estinti

Giaceansi i figli senza dir parola

Svelle il pugnal dallo squarciato fianco

Di Polinice, e ancor caldo di sangue

Nel suo seno lo immerge.

ANTIGONE

Eterni Numi!

EDIPPO

E tu pur vivi Edippo?

TALETE

Oh che rimembri?

Edippo? Ei più non vive or forse, e s'anco

Egli si fosse altrui non osa, ahi misero,

Svelar sua stanza, non che il nome...

EDIPPO

E 'l Cielo

Patir se 'l puote, il ciel spietato?... Oh terra!

A che non t'apri, e ne' tuoi cupi abissi

L'autor non conscio di tanti delitti

Alfin non serri? Oh potess'io di questo

Sangue fatal l'infame avanzo or tutto

Versar colle mie man col ferro istesso!

Oh tu, cui non oso nomar tremando

Madre, né sposa, fra i cui caldi amplessi

Di natura, e d'amor gustai la piena

D'atroci inesplicabili trasporti...

Tu che m'ascolti or forse dal tremendo

Varco di Stige attonita ch'io viva,

Tu il sai, sanlo gli Dei, se spinti entrambi

Da gratitudin, da rispetto, ai voti

Delle Furie, del popolo, del Cielo

Piegando... e invano la virtù ne stava

Profondamente entro del cuor scolpita,

Né i rimorsi, il terror, né la temuta

Ombra paterna a rinfacciar non sorse

I turpi amplessi, ed il macchiato letto

Alla moglie innocente, al figlio ignoto,

Finché non fosse de' celesti inganni

L'opra nefanda consumata appieno!

Oh Dei feroci! Dei di nostra stirpe

Assai più iniqui, protettori a un tempo,

E vindici di vostre colpe istesse

Se possa è in voi, quanto in me sprezzo, a prova

Me fulminate... Oh con chi parlo? Ahi dove,

Dove son l'are, i simulacri, quali

I riti tenebrosi, e i culti infami,

Che origin tratta non abbian dal sangue

Degli insensati, e creduli mortali!

TESÈO

Onde tal furie?

ANTIGONE

Egli si perde!... Ahi padre...

EDIPPO

Oh donna, va, scostati, fuggi, osserva

Là di quel vecchio la terribil ombra,

Che ritta ritta sui piedi v'attenta,

E col dito t'accenna il ferro ond'ebbe

Trafitto il fianco... Io lo ravviso al bruno

Lungo suo manto, al fero volto, al grave

Incesso, agli atti, al sangue, che gli cola

Per l'ampia piaga... oh tu se' desso, o Lajo...

Ma voi, chi siete? ... Chi son quei, che il corpo

Livido, e scarno a mezzo alzan dall'urna,

E con ambo le palme ad una ad una

Ricercansi le viscere, e le gittano

A me sul volto?... Oh non gli odi siccome

Colla lor fera, e minaccevol voce

Di compassione, di pietà non degna

Del sangue lor t'accusan?... Va, minore

Di lor non sia, scostati...

ANTIGONE

Oh padre, invano

Staccarmi imprendi da' tuoi fianchi, io lunge

Andronne io mai...

EDIPPO

Ma chi sei tu? Che ascondi

Sotto quel manto insanguinato?

ANTIGONE

Ahi lassa!...

Egli vaneggia!

TESÈO

Misero!

EDIPPO

A che scuoti

Quella tua teda?... Il cuor? Ecco!... nol vedi?

Qua, qua pianta quel ferro, o feri, o dallo,

Vedrai s'io braccio abbia in ferir mal atto...

Ma ella s'invola, e me qui lascia... oh duro,

Crudo mio stato, che né darmi or posso,

Né avermi morte... Oh se già un tempo, appena

Dall'alvo uscito della madre avesti

Cura di me, se mi sanasti il piede

Tenero, infermo, e ognor scorta mi fosti

Fosse a Lerna, a Corinto, o quando uccisi

L'ignoto padre, o il dì che dolci furie

Per te gustai fra le materne coltri,

Sì che fui padre di quattro fratelli,

Se stanco di soffrir tanti delitti

Mi svelsi poscia dalla fronte gli occhj,

Odimi, Aletto, tu il vedesti, degno

Ben fui di te, forse maggior di quanti

Fur tuoi seguaci... Oh s'io lo fui? Non basta?

Che far potea? Tormi la vita? Questa

Era, tu 'l sai, sacra a tue furie ultrici,

La rispettai per più piacerti, cara

Mi fu sinché di consumar delitti

Novella speme m'avvivava il seno –

Or che mi resta? A' tuoi temuti altari

La mia coscienza, il mio destin, la voce

Del Profeta guidommi – Eccoti, io vengo

Ad implorar de' tuoi decreti il fine,

E s'anco sazia non sei di vendette,

Tebe rimanti; su quell'empia volgi

Il tuo furor, la tua vendetta, e passi

Sovra i figli dei figli il rio flagello;

Fa ch'uom non cinga quell'infausto serto

Di raggrumato sangue ognor cosperso,

E ognor di risse eccitator, se prima

Non giunge i falli ad uguagliar d'Edippo –

TESÈO

A tal feroci, ed esecrati voti

Sangue di Cadmo, or ti ravviso – Edippo

A che ti celi?

EDIPPO

Me celar? Che parli?

E 'l voglio, e 'l cerco, e tu tel pensi?

TESÈO

Or dona

Tregua a' tuoi sensi.

EDIPPO

Alta la serbo, addio.

TESÈO

Ferma ove vai?

EDIPPO

Dove mi trae mio fato,

Il voler delle furie, e degli estinti.

SCENA 4ª

TESÈO, TALETE, ARCADE.

TESÈO

Non si lasci, seguitelo, consiglio

All'oprar quindi avrem dal tempo, noi...

ATTO QUARTO

SCENA 1^a

TESÈO, TALETE.

TALETE

Dunque sperar dal gran Tesèo può Tebe

Salvezza intera? Oh di qual gioja immensa

Brillar vedransi i volti egri, e languenti

De' vecchi padri, e delle madri afflitte

Alla fausta novella – Oh se d'altari

Larga a ragion ti fu l'Attica terra,

Di gratitudin monumento eterno

Ne' cuor Tebani avrai.

TESÈO

Di Tebe i mali,

Il ben d'Edippo, assai più ch'altro affetto

È sprone all'oprar mio – L'udrem qui in breve

Chi sa? Lusinga tal mi serbo in petto,

Ch'io trar nel possa ai comun voti.

TALETE

Il Cielo

Le tue cure magnanime secondi.

TESÈO

Ma dimmi intanto di Creonte dubbia

Non è la fede?

TALETE

      Oh re, che parli? Impune

Andria Creonte, ove spergiuro ei fosse,

Dal furor di Teseo? M'odi, e tu stesso

Se loco a dubbio abbiavi, apprendi – Appena

Sul vuoto seggio de' nepoti estinti

Salì Creonte, che la non placata

Ira del Ciel con nuovi aspri flagelli

Tebe percosse, e gli olocausti, e 'l pianto,

E le preci, e le morti a nullo i Numi

Avendo, a interrogar l'Oracol santo

Si volse in Delfo – Empiea del tempio il foro,

Il delubro, le loggie, il fior più scelto

Dell'adunata gioventù Tebana –

Bella era l'alba, e mai più bello apparve

Il sol su Delfo – A piè dell'are pronte

Già stavano le vittime, già i ferri

Sacerdotai pendeano in alto, quando

Romoreggiar orrendamente il tuono

S'udì, tremar la terra, e le colonne

Vacillar del gran tempio – Immota, e presa

52

Da terror, da stupor la circostante

Turba di gridi assordava le volte...

Alfin tornò la calma, e di vivace

Splendor rifulser le già spente tede,

E di tutti brillò nel petto un lampo

Di spenta gioja, allor il Dio parlò:

«Pace avrete, o Tebani, ov'anco in Tebe

Edippo regni» – Disse, e di repente

Con fragor cupo il ciel tuonando, in mezzo

A buja notte ci trovammo – A Lerna

Pelide, in Argo Antino, ed io sin dentro

Larissa i passi affretto, onde d'Edippo

Indagar l'orme, e 'l sesto dì ne vide

Tornarsi Tebe senz'altra speranza

Dal riaver più mai – Quando di Lerna

Pastor, veduto averlo, afferma, presso

La palude di Prosina, e i suoi passi

Ver Colono drizzar – Deh chi potrebbe

Pingerti allor l'impazienza. i gridi

De' cittadini? E come a gara ognuno

Ferro brandisse, ed asta, e in men che il dico

Ne' tuoi stati piombasse – Indi messaggio

Ratto Creonte...

TESÉO

Eccolo, ei viene.

SCENA 2^a

EDIPPO, TESÈO, TALETE, ARCADE.

TESÈO

      Edippo,

Alta cagion vuol ch'io t'appelli.

EDIPPO

      E quale?

TESÈO

Tosto l'udrai qui dal Tebano.

EDIPPO

     Ohimè! Qual altra

Cura può trar qui di Creonte un messo,

Che a nuocer me non miri?

TESÈO

     Agli agitati

Tuoi sensi alcun breve di calma or dona.

Odilo, prego.

EDIPPO

Or ben, ma senti, io dirti

54

Vuo' pria però che, se a parlar qui teco

Scendo, al voler non mio l'arrechi, ai preghi

Bensì del re.

TALETE

Grata a Tesèo, se grata

A te non vuoi, fia Tebe dunque – Or volge

Gran tempo Edippo, che ramingo...

EDIPPO

Franca

Vani racconti, a che ne vieni?

TALETE

Il regno,

Che i figli iniqui ti rapir, che l'avo

Per te si tien, vengo ad offrirti...

EDIPPO

È questa

Del tuo venir l'alta cagion? Pensato

Deh! chi s'avria che di Giocasta il padre,

L'industre, il solo eccitator di risse

Tra me ed i figli, or che null'uom s'arroga

Poter su Tebe, a me riserbi un trono.

Che sempre fù de' suoi pensier l'oggetto?

55

TALETE

Pensier più grave è il ben di Tebe...

EDIPPO

E tale

Forse era il dì, che me cacciava in bando?

TALETE

Creonte?

EDIPPO

Sì.

TALETE

Non i tuoi figli?

EDIPPO

I figli

Seguian lor fato – Entro le vene nostre

Scorreva non dissimil sangue, giusto

Era il lor odio, anzi minor di quanto

Aveami allor per ambo. Ma Creonte,

Che avea Creonte di comun col sangue

Della stirpe Cadmèa? Ch'altro mai l'arse

Se non talento d'assoluta possa,

O quando me cieco, cattivo indusse

I nepoti a cacciarmi fuor di Tebe?

O allor che forse d'Argo Polinice,

E 'l vecchio Adrasto, e in un Tidèo sospinse

All'eccidio di Tebe?

TALETE

Al ver t'apponi

Ei non vel trasse, ed i tuoi figli...

EDIPPO

A gara

L'uno blandir, l'altro istigar, far pompa

D'amistade, dividerli, tradirli,

Onde più certa s'appianar la via

Al trono, ecco Creonte.

TALETE

Oh se tal fosse

Or ben tel vedi, e i tuoi Tebani il sanno,

Ed io mel so, che in tutti i cuor, le bocche,

E dentro i lari, e sin ne' templi augusti

Altro che il tuo suonar nome non s'ode.

EDIPPO

Oh in altro suon ben più tremendo udrassi

Là un dì, mio nome; or va, che quanto io debba

Fede prestarmi all'arti vostre infami

Appien m'han dotto i tempi andati – A prova

Creonte e quanti abitator rinserra

Quella ingrata città, conosco. Io venni

Perciò ratto assai più, che l'età lunga

Speme, e forza men desse – Alta ventura

Fu ben la mia d'esser qui giunto in tempo,

Sì che sfidar vostri pretesti or possa –

Tebe m'appella? Oh che sperar può Tebe

Da re proscritto?

TALETE

Averti in pregio, torti

Dalla tua somma povertade, ammenda

Far de' tuoi torti, locarti sul trono,

E vendicar...

EDIPPO

Deh, che no 'l fea pur dianzi?

A che per pegno di sua fede il ferro

Tinto dal sangue di Creonte in pria

Non mi mandava?

TALETE

Aspra vendetta farne

58

Potrai tu stesso in mezzo a' tuoi! Deh vieni,

Credimi, Edippo, v'hanno petti in Tebe,

E ferri pronti a vendicarti.

EDIPPO

Oh iniquo

Te quanto il tuo signor! Ma scerre ei mai

Altr'uom potea, che pari a lui non fosse?

In Tebe Edippo? Io ricalcar le infami

Strade di Tebe? Santi Dei, non ch'uomo,

Né il poter vostro unqua il saprebbe! Oh gioja,

Onde bearsi ornai può sol mio cuore!

Né troppo or duolmi esser vissuto – Tempo

Venne, e mai tardo è di vendetta il giorno!

Torna dunque a tua posta, e a lui che servi

Reca ch'io vivo, e assai più che nol crede

Noti mi sono i scaltri appigli, e 'l fine

Per cui vorria me a sua salvezza or pegno.

TALETE

Oh vedi a cui fero livor ti porta!

Esul tu fatto, e re senz'armi, ei cinto

Dai mille, qual da te potria temersi

Danno, se brama di regnar sol fosse

Sprone a sue voglie...

EDIPPO

O re, fa' ch'io non l'oda,

Ad Antigon mi rendi...

TALETE

E vorrai sempre

Negletto, e vil...

EDIPPO

Né al tuo garrir dai fine?

Me stolto, che t'udia!

TESÈO

De' tuoi rifiuti,

Del tuo tenace odio, nol niego, ingiusta

Omai mi sembra la cagion – Se Tebe

Cacciar te vide un dì, né contro i crudi

Nemici tuoi non sorse, il puoi tu a colpa

L'ascriver anzi che al terror, che l'armi

Di quei tuoi figli le infondean nel seno?

EDIPPO

Non il terror, al mal oprar sol duce

Era la rabbia – Eternamente fitta

Nel cuor sarammi quella infausta notte,

Ov'io scacciato per le vie di Tebe

Udiami a prova e figli, e padri, e spose

Altamente appellar infame, e a morte

Dannarmi anzi l'esiglio, se Giocasta

Non feasi scudo al popolar tumulto –

Or va, spargi il tuo sangue, e suda, e anela,

E su quell'idra, che plebe si noma,

Versa e profondi i doni tuoi, mercede

Poi ne corrai, qual non mertata io colsi.

TESÈO

Ampia mercé nel perdonar non trovi

Chi sé colpevol noma? O se vendetta

Brami tu, se non piena, in parte almeno

L'avesti già; lascia che il tempo intera

Poi la daratti – Ah d'altri sensi, Edippo,

Più generosi, e di virtù men fiere

Fa' pompa, e a' tuoi, e a Grecia, e al mondo apprendi

Che Edippo padre era dal re ben lungi.

EDIPPO

Io l'era sì – Ma passò tempo – A nullo

Mi torna ormai biasmo, né laude, o intera

M'aver vendetta, o niuna – Ma si parli

Or d'altro, o re – Dentro Colono io venni

Supplice, uman tu m'accogliesti, or serba

La tua promessa, la tua fe', difendi

Me dalle insidie di costui, Tebano.

Non io, siccome Polinice in Argo

A mendicar straniera possa, venni

Entro tua reggia, o per desìo di trarre

Comoda vita, il sai – Ben altro io chiesi,

Non ti stupir, è uomo il re, non bada

Giove ai diademi, a grado suo punisce

Gli error, le colpe assolve – Sia pur buono

Il cuor, che val Tesèo, se una tremenda

Irrefrenabil forza arbitra siede

Sul destin dei mortali? Il mio qual fora

Mel so, lascia ch'il segua –

TESÈO

       Appien seguirlo

Ovunque il puoi – Deh se pietà non senti

Del popol tuo, pietà di lei ti prenda,

Che patria, ed agi, e pace, e trono, e vita

Pose in non cale, onde alleviar tua sorte –

Ah se a tal voce non t'arrendi, in petto

Hai d'adamante il cuor!

EDIPPO

       Purtroppo, [...]

È ver tal voce al cor mi suona – Sento,

Se duolo è in me, s'io son di duol capace,

Che per lei sola... Ah no, commetto al Cielo

D'Antigone la sorte, ei, che talvolta

Suol l'innocenza d'un benigno sguardo

Degnar, sottrarla alle sventure puote,

Per me nol posso.

TESÈO

Ah non v'ha dunque cosa,

Che a smuover te non valga? In te possente

L'odio fia più che la pietà di padre,

Che il ben de' tuoi? Dunque hai deciso...

EDIPPO

Ho fermo

Morire, anzi che trarmi a Tebe –

TESÈO

Oh sempre

A te simil uom fero, cui né i mali,

Né l'età lunga ad ammollir non giurse!

Ma sia, che puote – A' tuoi Tebani scudo

Farommi, io sì; scegli: me presto a tutto

Avrai se cedi, ma se in tuo proposto

Persevri, io forza al mal tuo senno opporre

Saprò ben certo.

EDIPPO

Oh prodi inver voi tutti

Contro un vecchio cadente, inerme – Possa

So quanta è in te, quanta sia fede in Grecia

Ben mel sapea, che darla, e torla, e usbergo

Farsi a ragion suolsi tra voi, qualora,

Non ch'a profitto, a talento vi torna...

TESÈO

Franco tu parli, e insulti mesci...

EDIPPO

Insulti?

Oh rabbia! Insulto osi appellar tu il grido

Della pria data, e violata fede?

A che ricovro sull'alba mi davi

Per poi tradirmi all'annottar? Delitto

Qual m'ascrivi? Che feci? Addur tu quale

Ragion potrai, che per sé basti a torti

La macchia vil d'un tradimento?

TESÈO

Dirti

Potrei che nome a me mentivi...

EDIPPO

                              Or senti

Regale appiglio! Oh, s'il svelava a quale

Pena maggior, che egual per me non avvi,

Me allor dannavi, di'?...

TESÈO

Lungi da questi

Lidi...

EDIPPO

Deh a che nol fai? Lasciami, mezzo

A me non manca, onde sottrarmi al fero

Spettacolo di Tebe, e tal che intatta

T'avrai tu fama.

TESÈO

Invan t'opponi, basta;

Dal tempo spero, e dall'oprar mio prova

Avrai tu poscia se qual credi io fede

Rompa a mio senno – Oh potess'io vederti

Grande qual fosti, e qual merti felice! –

EDIPPO

La mia grandezza, il mio ben, la mia pace

Nel mio fato si stan – Lasciami, cessa

Di mercar scuse a' tuoi pretesti. Chieggo

Solo che trarre me tu faccia, e lasci

Libero alquanto colla figlia – Udirla

M'è d'uopo or sommo – Al primo sol fors'anco...

Me... più... tranquillo rivedrai –

TESÈO

                    Frattanto

In me t'affida, Edippo; oh guai se l'avo

Le promesse non serba, guai se Tebe

Osa altra volta la rubella fronte

Innalzar contro te, non sì furenti

Volvono i fiumi in sen del vasto Egèo

Quant'io da rabbia più ch'umana invaso

Volerei sull'infida, e tal vendetta

Ne farei, che fora ultima per Tebe.

EDIPPO

E la farai, lasso! ma allor dall'urna

Ergerò invano per vederla il capo!

TESèO

Vanne alla figlia – Intero un giorno a scerre

Lascioti, e spero che più che i miei prieghi

L'alto suo pianto al tuo dover trarratti –

ATTO QUINTO

SCENA 1^a

EDIPPO, ANTIGONE.

EDIPPO

No, da quel dì, che me cacciava a forza

Cogli empi figli fuor di Tebe il crudo

Avo, in sembianza d'uom che in odio ha il Cielo,

Giorno più infausto mai per me rifulse

Di quel che volge – Da più lune io stava

Sepolto entro le fere orride grotte,

Povero, da tutti diserto, morte

Invocando, e, nol niego, io fea talvolta

Voti che dato sol mi fosse avermi

Anco le luci, onde mirar de' figli

L'estremo fato – E fra gli orrendi [...]

Rimorsi, fra le lagrime, e gli stenti

Io mi credea che pena tal pur fosse

Se non maggior pari a mie colpe almeno –

Ahi, ch'io non era qual voleasi il Cielo

Abbastanza infelice – A Lerna incauta

Tu mi seguisti, e mal mio grado eletta

Ti fosti tu dell'antico mio fianco

Farti sostegno!... Ah mai rimosso il piede

Tu non avessi fuor di Tebe – Forse

Avria Giocasta, benché amari giorni

Sol le assentisse il crudo suo destino,

Teco avria tratta una più lunga vita!...

Ma ahimè! di nostra sventurata stirpe

Soli ormai siam – Per me so quanto io debba

Sperar, né duolmi quale ei sia mio fato –

Ma tu giovine, nata al trono, ognora

Cresciuta fra le lagrime, fra il pianto

Menasti la tua vita, e forse giorno

Mai non verrà di gioja!...

ANTIGONE

                    Oh di', qual altra

Esser può gioja per Antigon mai,

Che il partir teco il tuo dolore immenso?

EDIPPO

Partirlo?... oh ciel!... ma se un giorno forza

Fosse lasciarci...

ANTIGONE

                Oh chi me dal tuo fianco

Sveller potria, se il cuor pria non mi svelle?

EDIPPO

Oh cessa, cessa di squarciarmi l'alma!...

Conosco, e so, quanto in te vaglia amore

Per lo tuo padre... ohimè!... di qual ti fero

Nascer gli dei per tua sventura!

ANTIGONE

Oh credi

Assai mi fero, e gli anni molti, e 'l cuore

Tuo puro, e sin le tue sventure istesse

Certa che padre più amoroso e giusto

Di te sperar mai non potea. S'io nacqui

Da incesto mi sei padre men? Se fallo

Fu in te non dessi ascriver tutto ai Numi?

EDIPPO

Ma questi Numi istessi, se in tremendo

Sagrifizio...

ANTIGONE

Che parli?

EDIPPO

Oh figlia!...

ANTIGONE

Segui...

Parlar vorresti, ti sforzi, ti penti...

E qual fronda tu tremi?... Oh svela... quale

Arcano avrai, che a me celar tu il debba?

Qual sagrifizio? Ma tu chini al suolo

Il mesto volto, e dalle vuote fosse

Degli occhj il pianto ti discende al petto,

E immobil pendi tra i rotti singhiozzi...

EDIPPO

Chi... pianger... io?...

ANTIGONE

Sì invan celarlo or tenti.

Oh deh se stanza, e sia pur breve, estimi

Questa per noi non ben sicura, altrove

Trarremci, asilo anco più certo, ignoto

L'Etole rupi, e i Calidoni boschi

Daranno a noi, qual già lo dier – Fatale

Troppo è per noi qual siasi reggia – Ahi lassa!

Ch'io mi pensava aver là teco io fissa

La eterna stanza, ove da Grecia tutta,

Non che dal mondo intero separati

Godea mirare sul tuo volto antico

Brillar la pace di un'alma innocente –

E ai santi Numi protettor di quelle

Beate terre porgea caldi voti,

Ch'oltre tua vita mi serbasser, quanto

Bastevol fosse a ti scavar la tomba

Colle mie mani!...

EDIPPO

Il so... tutte rimembro...

E sculte in cuor le tue pietose cure

Mi stan... Ma credi a tale ormai son giunto,

Per volontà di que' medesmi Numi.

Che con labro purissimo invocavi,

Che a carco immenso, anzi che a pro', mi torna

Or tua pietade... ohimè!... tu appien non scerni

Tutto l'orror del tuo destin... Compirlo

Pur dessi alfin questo terribil passo...

ANTIGONE

Terribil!

EDIPPO

Sì, lasciarci è d'uopo alfine.

ANTIGONE

Numi, e puoi dirlo, e non vedermi estinta

Caderti ai piedi?

EDIPPO

Ah no, più ferma, io spero,

Quinci vederti – Odi, e rispondi, intera

A te la scelta del decider lascio –

Ami Creonte?

ANTIGONE

E dubbiar l'osi? Ah quanto,

E assai più certo che te amo, l'abborro.

EDIPPO

Or ben, se a disbramar la sete ardente,

Che ha del mio sangue...

ANTIGONE

Oh mal gli sta, ché in Tebe

Qui non siam noi.

EDIPPO

Ma in reggia siam.

ANTIGONE

Ma stanza

Secura il re non davaci?

EDIPPO

Securo

Chi fidar puote in regia fede!... Sappi,

Noi siam traditi...

ANTIGONE

Oh che mai dici!... dunque

Togliamci or via.

EDIPPO

Deh ch'il potrebbe! Cinti,

Ed osservati dalle guardie siamo

Del re, che a forza al nuovo dì fe' giuro

Darci in poter del rio Creonte... e s'anco

Fosser pur l'ombre al fuggir nostro amiche

Come sottrarsi al vigilante, acuto

Occhio di lui? Tu timida donzella,

Io vecchio, cieco... deh tu 'l vedi, vano

Ornai ben fora ogni disegno, e colti

Ambo senza difesa... Ah no, pria vuoto

Cadrò d'alma, e di sangue...

ANTIGONE

Ohimè!... non avvi

Dunque alcun mezzo?

EDIPPO

Uno v'ha mezzo, un solo...

ANTIGONE

E quale?

EDIPPO

Oh figlia!

ANTIGONE

Basta, Edippo, basta.

SCENA 2^a

ARCADE, EDIPPO, ANTIGONE.

ARCADE

Di', risolvesti?

EDIPPO

Or chi se' tu cui debba

Del far, non far render ragion?

ARCADE

Perdona:

Il re da te mandavami, risposta

Ultima chiede.

74

EDIPPO

Avralla, anco l'intero

Giorno non volse, e intero il dì mi dava

Tanto aggirato hallo colui, che a carco

Gli torna un dì per mantener sua fede?

Va, l'assecura, ho già deciso – Edippo

Non manca ai giuri, e gli atterrà – Sull'alba

Pronto vedrammi.

SCENA 3ᵃ

EDIPPO, ANTIGONE.

EDIPPO

Udisti? Or tempo, il vedi,

D'arretrarci non è, d'oprar, che stretti

Vieppiù noi siamo, e un passo, un detto, un atto

Potria tradirci – In vani accenti l'ore

Deh non perdiam – Stacci dall'un la infamia,

Dall'altro canto scampo, scegli.

ANTIGONE

Gelo...

A' tuoi detti... pur spiegati... fortezza...

Il tuo periglio mi darà...

EDIPPO

Ma bada...

Di non smentirti...

ANTIGONE

Or deh!... che vale ormai

Accennare, e non dir? Comune il sangue

Non abbiam noi?

EDIPPO

Ma non comuni i falli –

ANTIGONE

Oh che vuoi dir?

EDIPPO

Che del paterno sangue

Lorde non hai le mani tu... Che io solo

Deggio espiar alti delitti... Or torna

A Tebe, o donna – Di Giocasta Madre,

Che quanto io t'amo, ella t'amava, in breve

Urna raccogli i preziosi avanzi,

E dalla tua pietà le esequie estreme

Abbiasi, e 'l rogo – Altro delitto, il sai,

Ella non ebbe, ch'esser madre a Edippo

Stata, non altro – Ah quest'ultima io chieggo

Da te prova d'amor –

ANTIGONE

Deh che m'imponi?...

E tu?...

EDIPPO

Sta... fermo il mio destin... la cura

A me lascia di me – Qual siasi in Tebe

Il narrerai, non perché pianto io m'abbia,

Sangue Tebano, e non lagrime agogno,

E avrollo poscia...

ANTIGONE

Oh mie tronche... speranze!...

Di morir teco io mi pensava...

EDIPPO

Udisti?...

Or di', v'andrai?

ANTIGONE

Che dir poss'io?...

EDIPPO

Ritratti

Dunque...

ANTIGONE

E così me lasci, o padre?

EDIPPO

Oh cielo!...

Dentro al mio cuore il tuo non passa... Immensa

Alta pietà di te mi stringe... è questo

Il primo giorno da quel dì, che Lajo

Immolava, che il pianto mi discende

Giù per le gote... Eppur dovea tal giorno

Giungere alfine... Ahi lasso!... ch'altro pegno

Dell'amor mio non lascioti morendo,

Che il fero don d'una angosciosa vita!...

ANTIGONE

Ahi fero sì ... dai sospir tronchi... oppressa...

Appien dirti... non posso... oh padre!... questo

Fia dunque il dì, che misera ti perdo...

Senza altra speme... di stringerti... al seno!...

E me qui lasci... eletta io m'era... al fianco

Tuo vacillante esser... sostegno... io sempre...

Ah sempre... sì... Deh non negarmi, o padre...

Di morir teco... A che protrar?... Fidanza

Tal t'hai di me, ch'orba di te pur possa,

Anche il volendo disperati giorni

Trarre così? Che temo, o padre, in questo petto

L'ardir vi sta pari all'ardir d'Edippo

Né uom non fia, che me tremar pur veggia.

Lascia, che spento oggi con noi pur cada

Tutto l'avanzo del fatal tuo sangue.

Oh sì, per questo, ten scongiuro io forte,

Largo mio pianto, per Giocasta madre,

Per l'orror di que' giorni onde mi lasci

Terribilmente in preda, per l'amore

D'Antigon tua.

EDIPPO

D'amor che parli, o donna,

Quand'io ti chieggo ubbidienza?... E pensi

Se util, voluto, o irreparabil fosse

Il tuo morir, che in seri piantarsi Edippo

Vorriasi un ferro, ove grondante in pria

Tutto del sangue tuo stato non fora?

Altro da te chieggono i Numi, a Tebe

Poscia l'udrai, sì da Creonte – Or parti,

Alta è la notte – Di Tesèo richiedi,

Qui l'adduci, vi attendo... or che non parti?

A che ti stai? Che aspetti?... Tel ridico

Scostati, va, che basto io solo quivi...

ANTIGONE

Ohimè!...

EDIPPO

Deh va, lasciami, fuggi, vola,

O sei perduta!... misera!... non odi

Già intorno il fero sibilo dei venti,

E librarsi non vedi orride nubi

Tra i vapori sanguigni, e i nembi, e i tuoni,

E le folgori spesse, e le tempeste

Minacciar di ruina questa terra?

Terra infelice! ove qui stommi... ah questa

Tebe non è.... Ma il cupo fragor cresce...

Tutto è strage di morte, e sotto all'acque

È sommersa la terra... oh Dei!... Quai colpe

Han potuto destarvi furor tanto?

ANTIGONE

Numi!... ei vaneggia... e più non m'ode...

EDIPPO

L'onda

Ve' come rapidissima trapassa,

E seco porta un infranto diadema,

80

E sul dorso canuto, e vorticoso,

Or s'ergono, or s'abbassano. s'avvolvono

Gli affollati cadaveri... Gran dio!...

Pace una volta!

ANTIGONE

Oh Edippo!

EDIPPO

Edippo? Or quivi

Chi ripete il mio nome? E qual son questi

Gemiti lunghi?... Lajo!... Ah questo è troppo!

Cela, cela quel sangue ombra feroce!...

Il mio tu chiedi?... Oh l'avrai tutto... io 'l sacro

Ad acquetar l'ombra tua fera!... ammenda

Tal non fia pari a non voluti falli?

Nol fia, lo so, va, mi precedi, o Lajo,

Non dubitar, oltre la vita io porto

Meco lo sdegno delle furie ultrici –

Colà del prisco odio potrem far prova

Degna di noi giù nell'Averno – io 'l veggo

Spalancato a' miei piedi, in tuo soccorso

Chiama i figli, la sposa, e quanti aduna

Di tua stirpe nefanda ombre compagne,

Io mi t'avvento con ferma speranza

Di teco rinnovar le antiche offese...

E tal pur sia, pur tale onde ne' petti

Nostri immortali, immortal l'odio passi –

ANTIGONE

Oh padre... oh senti...

EDIPPO

       Or sgombra il passo, donna,

T'arretra, lasciami... di morte i feri

Urli, ed il cupo rimbombo di mille

Brandi, e le pallide sanguigne tede,

Già la precedono... ecco è dessa, è dessa,

Questa è la furia – Oh mia scorta, son teco –

[*trae un ferro, e s'uccide*].

ANTIGONE

Ohimè!... Chi mi soccorre?... un freddo... gelo...

Mi scorre... entro le vene – Ah... niun m'ascolta,

Ninno!...

SCENA ULTIMA

TESÈO, ANTIGONE, EDIPPO,

ARCADE, GUARDIE.

TESÈO

Qual grida?... Che miro?... Tua fede

In tal modo serbavi?

EDIPPO

A te serbarla

Doveasi primo – Or vedi se sottrarre

Me seppi appieno a' tuoi spergiuri...

TESÈO

Oh come

A pieni gorghi da' tuoi fianchi scorre

Il sangue... Ah tosto da sì fera vista

Colei si strappi...

ANTIGONE

Oh assassin crudo, e pago

Non se' pur anco? E a me vietar pur osi

L'estremo uffizio? Oh a che tuoni, a che tuoni

Saettando codardo? A qual riserbi

Cagion più giusta i vindici tuoi dardi?

Oh Edippo, oh padre, oh mio fratello, o solo

Per cui vivea... ma già di morte stassi...

Sculta la impronta fera... sul tuo volto...

Ah m'odi, m'odi... io... io t'appello – a Tebe

Qual m'imponevi androvvi – Meco questo

Ferro, pur caldo del tuo sangue, in Tebe

Meco riporto – Alto nomar quegli empj

M'udran tua figlia, e s'io sol pianto avrommi

Ritorcer poscia nel mio petto il giuro –

EDIPPO

Oh gioja!... in questo... ultimo... amplesso... t'abbi

Dell'amor... mio... ma ... quelle... ombre... feroci...

Forte... mi afferran... per le chiome... oh figlia...

Oh Lajo... all'ire eterne... eccomi... io... scendo...

ANTIGONE

Ei muore... ahi lassa!...

TESÈO

Or vieni, o donna, e in breve

In altro aspetto andrai tu in Tebe, il giuro –